LA
NICOSTRATA,

CHANTS SATIRIQUES ET COMIQUES,

PAR VICTOR BASIÈRE.

Croisième Livraison.

La liberté doit nous unir.
Confions-nous à l'avenir.

PARIS.

LEVAVASSEUR, PALAIS-ROYAL,

ET TOUS LES MARCHANDS DE NOUVEAUTÉS.

1832.

MOUSTACHE,

EX-TROUPIER DU P'TIT,

ET CHIFFONNIER EN SUBSISTANCE.

Air: Je suis militaire, etc.

En avant! courage!
Marchons les premiers!
Du cœur à l'ouvrage,
Braves chiffonniers!

Enfans, quittons notre faubourg
Où la misère nous harcèle,
Fuyons! mais j'entends le tambour
Qui dans notre quartier rappelle:
Soutenons-nous et serrons bien les rangs;
Suivez Moustache, il est à votre tête;
Marchons enfans, et qu'en chœur on répète (*bis*)
Ce vieux refrain des Gaulois et des Francs :
Aux armes ! chassons les tyrans. (*bis*)

Nous voulons vivre en travaillant,
Voilà notre simple devise;
Nous, les fils d'un peuple vaillant,
Attendrons-nous qu'on nous divise;
Attendrons-nous, qu'affaiblis par la faim
Et que gisant sur quelques brins de paille,
Du haut pouvoir la digne valetaille (*bis.*),

En nous perçant, hâte encor notre fin ?
　　Debout !! Levons-nous donc enfin. (*bis.*)

　　Nous diront-ils ambitieux, ?
　　Ils exploitent jusqu'à l'ordure ;
　　Nous diront-ils audacieux ?
　　Ils nous provoquent par l'injure ;
Prétendront-ils que l'argent nous conduit ?
Nos pieds sont nus, notre haleine est brûlante,
Notre démarche est presque chancelante, (*bis.*)
Un seul grabat orne notre réduit,
　　Un morceau de pain nous séduit. (*bis.*)

　　Morbus nous donne le trépas,
　　Le gendarme nous espadonne,
　　La mouche pique et suit nos pas,
　　Le Grand-Ordre nous emprisonne,
Le fier dragon nous charge effrontément,
Et l'assommeur à cogner s'évertue,
Le vil sergent vient derrière et nous tue; (*bis.*)
Le coq nous ruine et marche fièrement,
　　La faim nous mine lentement. (*bis.*)

　　Nous avons pleine liberté
　　De tout entendre et de nous taire ;
　　Notre étendard est respecté
Comme les droits du prolétaire ;
Le vieux soldat reçoit un traitement
S'il a brillé dans la chouannerie ;
Ainsi le veut une chambre flétrie (*bis.*)
N'en doutez plus, mes amis, on nous vend,
Car le milieu tourne à tout vent. (*bis.*)

Enfans, confiez-vous à moi,
J'ai servi long-temps le grand homme,
Mon cœur ressent un doux émoi
Lorsque ma bouche vous le nomme.
Mais il n'est plus ! ! faut chasser ces pékuins
Au cri sacré : Vive la république !
Ce nom recèle un pouvoir électrique. *(bis.)*
A bas le traître ! A bas tous les pasquins !
Et vivent les républicains ! *(bis.)*
En avant ! courage !
Marchons les premiers !
Du cœur à l'ouvrage,
Braves chiffonniers !

LA RÉPUBLIQUE.

Air : O Philoctète.

Nous sommes las des empereurs, des rois,
Finissons-en , c'est trop rester esclaves ;
Renversons-les, il ne faut plus d'entraves,
Foulons aux pieds leurs titres et leurs croix.
Frères, courons sur la place publique
Crier au peuple ami : Viens dans nos rangs,
C'est trop souffrir, renversons les tyrans. *(bis.)*
Vive à jamais, vive la république !

Ornons nos fronts du bonnet phrygien,
Et parons-nous de nos habits de fête,
Pour qu'en ce jour l'union soit parfaite,
Appellons-nous du nom de citoyen :
Ce nom sacré n'a rien de despotique,
Il est l'effroi des prêtres et des grands.
C'est, etc.

A nos tourmens il faut mettre une fin,
Et repousser un honteux esclavage.
On nous a dit : Vous avez du courage,
Et nous gardons la misère et la faim !
Bravons les coups du pouvoir monarchique,
Et secourons nos frères expirans.
C'est, etc.

La liberté doit régner avec nous,
Est-il besoin que nous ayons un maître ?
C'est trop plier, il faut le méconnaître.
Qu'il fuie au loin ou tombe à nos genoux,
Et que, saisis d'une terreur panique,
Ses fiers élus aillent partout errans.
C'est, etc.

Pourquoi toujours Robespierre et Marat,
Pourquoi toujours les offrir pour modèles ?
Etaient-ils vrais ?...mais laissons nos querelles,
Ils sont tombés ! ! ! le tems les jugera ;
Soyons à nous, notre force athlétique
D'un long succès nous offre les garans.
C'est, etc.

Républicain, marche droit, librement,

Sous le reflet de ta vieille bannière;
De te porter la terre est toujours fière,
Le beau soleil dore ton vêtement.
Sur ces degrés, sous ce noble portique,
Monte avec moi... viens et crions aux Francs :
C'est trop souffrir, renversons les tyrans. *(bis.)*
Vive à jamais, vive la république !

RÉPONSE

A LA CARMAGNOLE DE M. FESTEAU.

(Voir le *Gymnase lyrique* de 1832.)

Air : Dansons la carmagnole, etc.

A bas la carmagnole,
A bas le peuple souverain !
Qu'on le recarambole,
Vive le fer et l'airain !

A ton poste, juste-milieu !
Dépêche-toi, saint-nom de Dieu !
Le peuple, autour d'un grand pieu,
Danse et chante. foi de Mahieu.

Il parle, en vérité,
D'arbre de liberté.
A bas, etc.

Faisons-lui taire son caquet,
Faisons-lui faire son paquet,
Armons-nous des fusils-Gisquet,
Traînons-le devant le parquet.
La canaille sommons,
Puis ensuite assommons.
A bas, etc.

Lorsqu'il vient dire qu'il a faim,
Faisons croire partout qu'il feint,
Et pour mieux le prouver enfin,
Pour tromper l'esprit le plus fin,
Devant la nation
Parlons souscription.
A bas, etc.

Que l'honnête homme qui n'a rien
Soit traité de gueux, de vaurien,
De pillard et de faubourien,
De terroriste et d'Algérien
Voulant, pour son plaisir,
Un matin nous occir.
A bas, etc.

Appellons-le républicain,
Sans-culotte, effronté coquin,
Ambitieux du baldaquin
Qui couvre notre gros pasquin.

Il surnomme choufflic
Le bel ordre public.
A bas, etc.

Du roi nous sommes les sujets
Nous devons aider ses projets,
Soutenir le taux des budgets
Et combattre tous les rejets,
   Soutenir le clysoir
    Et l'illustre arrosoir.
  A bas, etc.

Restons toujours dans nos emplois
Avec nos titres et nos croix,
Soyons les vrais soutiens des rois
Et soumettons-nous à leurs loix.
   Et vivent les Barbons !
   Ils sont vaillans et bons.
  A bas, etc.

ÉVEILLE-TOI, BRAVE RÉPUBLICAIN.

Air . Incline-toi, c'est ici Marengo.

Entendez-vous, frères, ces chants funèbres,
Et du tambour le faible roulement ?
Voyez venir à travers les ténèbres
Ce corbillard qui roule lentement :

C'est le convoi des fils des bords du Rhône,
Frappés de mort en demandant du pain.
C'est un Bourbon qui s'asseoit sur le trône.
Eveille-toi, brave républicain ! *(bis.)*

Ils sont tombés, mutilés par des frères,
En implorant un généreux secours;
Ils sont tombés!! que leurs mânes soient fières!
La liberté nous promet d'heureux jours.
Sur leur cercueil plaçons une couronne :
Mais qu'ai-je dit! ô malheureux destin !
C'est, etc.

Il est donc vrai, la couleur purpurine,
En souriant, fut donnée au soldat;
La noble croix brille sur sa poitrine,
La croix d'honneur.... pour prix de ce combat!
Qu'avec mépris sitôt il l'abandonne !
L'honneur n'est pas dans ce triste butin.
C'est, etc.

Lyon les vit rentrer chantant victoire,
Le prince en tête,en vrai triomphateur;
Il entendit jouer, même à leur gloire,
Des airs français (1) qu'ils répétaient en chœur;
Honteuse alors, il a vu fuir Bellone
En leur jettant un regard de dédain.
C'est,etc.

(1) La Marseillaise et la Parisienne.

Le peuple seul mérite qu'on l'honore :
Sur tous les points il est resté vainqueur ;
Son ennemi portait la tricolore !
Quel souvenir !... il oppresse mon cœur,
Sous le drapeau qui pare la colonne,
Qu'ils soient unis et s'embrassent soudain.
Mais un Bourbon s'est assis sur le trône,
Eveille-toi, brave républicain ! (*bis.*)

MES ÉTRENNES

A LA FRANCE.

Air : **A** toi, pauvre petite.

France, reine des reines,
Je n'ai pas un denier,
Accepte les étrennes,
    Oui, les étrennes
d'un pauvre chansonnier.

Je t'offre pour étrennes,
France, le souvenir
De plus brillantes chaînes
Que le temps doit ternir,
Peu de grandeur, de gloire,
Un mot de liberté,
Avenir et victoire,
Amour, fraternité.

Je t'offre la misère
Qui règne parmi nous,
L'impôt pour frais de guerre
Qui nous accable tous,
L'élan patriotique
Tout-à-fait refroidi,
L'espoir de république
Et le *vivat* tiédi.

Je t'offre aussi, ma mère,
Un roi, dit citoyen,
Qui s'occupe en bon père
De quadrupler son bien;
La Charte si fragile,
Quelques bons députés,
Le clergé peu docile,
Les pairs déshérités.

Reçois de Varsovie
Les nobles défenseurs,
La Pologne trahie ! !
Sous des fers oppresseurs ;
L'hydre de la Vendée
Exerçant ses fureurs,
L'Italie victimée,
L'Espagne et ses horreurs.

J'ose t'offrir encore
Notre vieil étendard,
Le drapeau tricolore
Blanchi sur le rempart;
Sous tes belles bannières
De bien stupides gens,
Des chambres croutonnières
Des mouchards, des sergens.

VAINCRE OU MOURIR.

Air : A boire, à boire, à boire, versez, etc.

En avant ! plus de larmes !
Patriotes, c'est trop souffrir !
Aux armes , aux armes !
Vaincre ou mourir!

Qu'à ma voix chacun se rallie,
Courons soutenir l'Italie,
Marchons, le signal est donné,
Pour nous quel moment fortuné !
L'heure de vengeance a sonné.
En avant, etc.

Ecoutons sa voix affaiblie :
France , dit-elle, tu m'oublie !
Et ses pleurs reprennent leur cours.
Méprisons les traités des cours,
Frères, volons à son secours !
En avant, etc.

Ses fils ne sont-ils pas nos frères ?
Ils ont vaincu sous nos bannières ;
Ils demandent la liberté,
Ils demandent l'égalité.
A bas la souveraineté!
En avant , etc.

De vils sicaires les égorgent,
De leur or, de leur sang se gorgent,
Laisserons-nous les capucins
Accomplir leurs cruels dessins ?
Mort à ces lâches assassins !
    En avant, etc.

Soldats ! A bas la baïonnette,
Je vois le pouvoir qui s'apprête
A massacrer les libéraux ;
Vous êtes nés d'un peuple de héros,
Ah ! ne soyez pas leurs bourreaux.
En avant, etc.

Prodiguer de fausses caresses,
Oublier toutes leurs promesses,
Frustrer les peuples de leurs droits,
A leurs bourreaux donner des croix,
Voilà les papes et les rois.

    En avant ! plus de larmes !
    Patriotes, c'est trop souffrir !
        Aux armes , aux armes !
        Vaincre ou mourir !

LE
MERCREDI DES CENDRES,
SCÈNE POPULAIRE.

Elle se passe à la Courtille, salon du Grand-Vainqueur.

PERSONNAGES.

ADOPHE, en malin. TOINETTE, en bergère.
BOBOSSE, en poissarde. POCHARD, en turc
GUGUSSE, en sauvage.

ADOPHE, *dansant avec Bobosse.*

Vive, vive le chahut'ment !
La morale,
C'est z'une banale !
Vive, vive le chahut'ment,
Et le cancan
Si conséquent !

Pinc' ton rigaudon,
Et roul' ta bosse,
Ma p'tit' Bobosse,
Et sur le bon ton,
Trala, la, la, la, la, la, la, psit'a (chahut' donc.)

BOBOSSE.

J'en peux pus d' lassitude ; j' suis toute raide dans mes nerfs. Dis donc ! y fait l' grand jour, poussons-nous d' l'air. Mon homme, qui me' croit avec Mame Chiffard, pourrait ben v'nir prom'ner son esquelette par ici, et alors..

ADOPHE, *avec vivacité.*

Et alors... de quoi qui t'f erait ? eh ben ! et moi donc ! ça s'rait gentil ! (*Le musicien :* En avant deux.)
Vive, vive, etc.

GUGUSSE, *dansant avec Toinette.*

> Donne-toi du mouv'ment,
>> Remu' ta quille,
>> Ma grosse fille,
>> Tu vas crânement.
>> Tra la...   Oui vraiment,

T'es mince à ton affaire, la biche. Faut-il que je puisse
pas te poser sur ma poitrine, sans passer la jambe à la
morale. (*Le musicien :* Balancez.)

> Vive, vive !

POCHARD, *à moitié ivre, marmottant à la table.*

>> Moi, j'suis pas cancan,
>> J'aime la piquette
>>> Qu'est ben coquette,
>> C'est pus conséquent.
>> Tra la...   J'en bois quand

j'ai d'la pièce, et jusqu'à quand'que la respire y m'manque.
Le jujube y fait mon admiration, et si j'étais gouverne-
ment, j'voudrais licher l'picton qu'est dans les caves de
mes cousins monarques ; mais pus souvent, l'nôtre, il
aime que l'eau, des lavemens : tiens, j'pourrons ben sa-
tisfaire sa consommation, et y en donner un soigné,
pour y faire évacuer l'pays. Est-il faignant, l'gouverne-
ment, est-il faignant ! Y a qu'ça zà lui reprocher, c'est
vrai. Ah ! si le p'tit bonhomme avait évu la révolution de
juillet, ousque j'serions à présent ? Ousque j'serions !
tiens, je m'embarrasse soi-même de répondre ! Il allait si
vite, bas de soie. Hé ben ! je crois que nous serions dé
dessous la surface du globe, dans la Cochinchine, ousque
j'prendrions des bains dans du pivois chaud, sucré avec
du citron et de la canelle ; j'aurions des pifs culottés

comme ma pipe. Ah ! queux balles ! qu'on dirait en nous
r'gardant ; mais pas moyen : tant qu' j'aurons pas mangé
la poire et la figue à not' dessert, et chassé les mouches
qui nous piquent, j' serons toujours rouges comme du
du sang d' navet, et j' dans'rons d'vant l' buffet, en jouant
du fife ; j' veux pas casser la patte à Coco, mais j' pour-
rions ben... (*Le musicien :* Chassez les huit.)

Vive, vive !

(*La danse cesse. Adophe, Bobosse, Gugusse et Toinette reviennent prendre place à la table.*)

ADOPHE, *à Pochard.*

Verse un coup d' pich'net,
Car la poussière
Toujours m'altère,
Rinçons-nous tout net
Tra la...   L' fin cornet.

(*Apercevant au dehors un empirique en cabriolet (*1*),
avec un paillasse et une tireuse de cartes ; ils courrent
se placer aux fenêtres*).

T'iens, ce charlatan en manteau zà gland d'or !

L'EMPIRIQUE.

Citoyens, c'est avec la permission des autorités de
cette ville, que je me présente sur cette place ; je ne viens
pas, comme un tas d'imbécilles, mes confrères, vous offrir des crottes de chiens pour des bâtons d'réglisse ; de
l'onguent pour guérir la brûlure, la teigne, la gale, la rou-
geole, vous raffermir les gencives, empêcher que votre haleine ne danse, vous arracher la mâchoire, chicots, molaires,
dents cariées, dents gâtées, dents abandonnées par mes confrères ; extirper les cors, oignons, durillons ; vous tirer

(1) Historique. On aura le soin, en récitant cette tirade, d'imiter l'éloi-
gnement de la voix.

les cartes, détruire la vermine qui vous ronge : non , cent fois non ! je laisse ces soins à mon ami paillasse et son épouse, ce sont leurs petits profits. J'entends nombre de personnes qui disent : Tu me fais faire ; c'est là où je les attendais : par ce peu de mots , elles me prouvent qu'elles sentent le cas qui m'amène en ces lieux. Mais, me diras-tu, public, qui es-tu ? Je suis le célèbre docteur Contra Scélérat-Morbus, l'ennemi juré de la peste qui vous désole ; je l'ai suivie dans tous ses voyages , étudiée dans ses moindres mouvemens ; c'est pourquoi je suis plus à même, que tout autres , de vous offrir la recette pour éloigner ce fléau. Qu'est-ce que le morbus ? C'est la Sainte-Alliance, c'est la ligue des rois contre les peuples, c'est la misère, la honte et l'infamie. Qui lui a donné naissance ? Le juste-milieu qui , quoiqu'il aime la paix, n'est pas *Janus* mais *anus*. Qui fut son père nourricier ? Un protocole. Sa nourrice ? La non-intervention. Comment éloigner le morbus ? En se garnissant la tête d'un bonnet rouge (*le rouge lui fait peur, il effarouche les dindons*) ; s'affubler d'un sabre, et d'une giberne bien garnie de cartouches ; s'armer d'un fusil non Gisquet, et suivre, par un beau soleil, au bruit des cloches, la route que je vais vous tracer. Vous irez d'abord balayer le Luxembourg, faire évacuer la chambre des députés, en criant vive la république ! et en envoyant des prunes à ceux qui s'opposeraient à votre passage ; ensuite vous irez aux Tuileries ; là , vous verrez un poirier sans pareil, déracinez l'arbre, plantez à sa place celui de liberté. T'nez-vous les pieds chauds, dormez par la d'sus, et à votre réveil le scélérat morbus aura disparu, ni vu, ni connu, pas plus de scélérats, gredins, que sur ma main.

TOUS.

Bravo ! bravo !

Vive, vive, etc.

Paris.—Imprimerie de Auguste MIE, rue Jèquelet, n° 9, place de la Bourse.